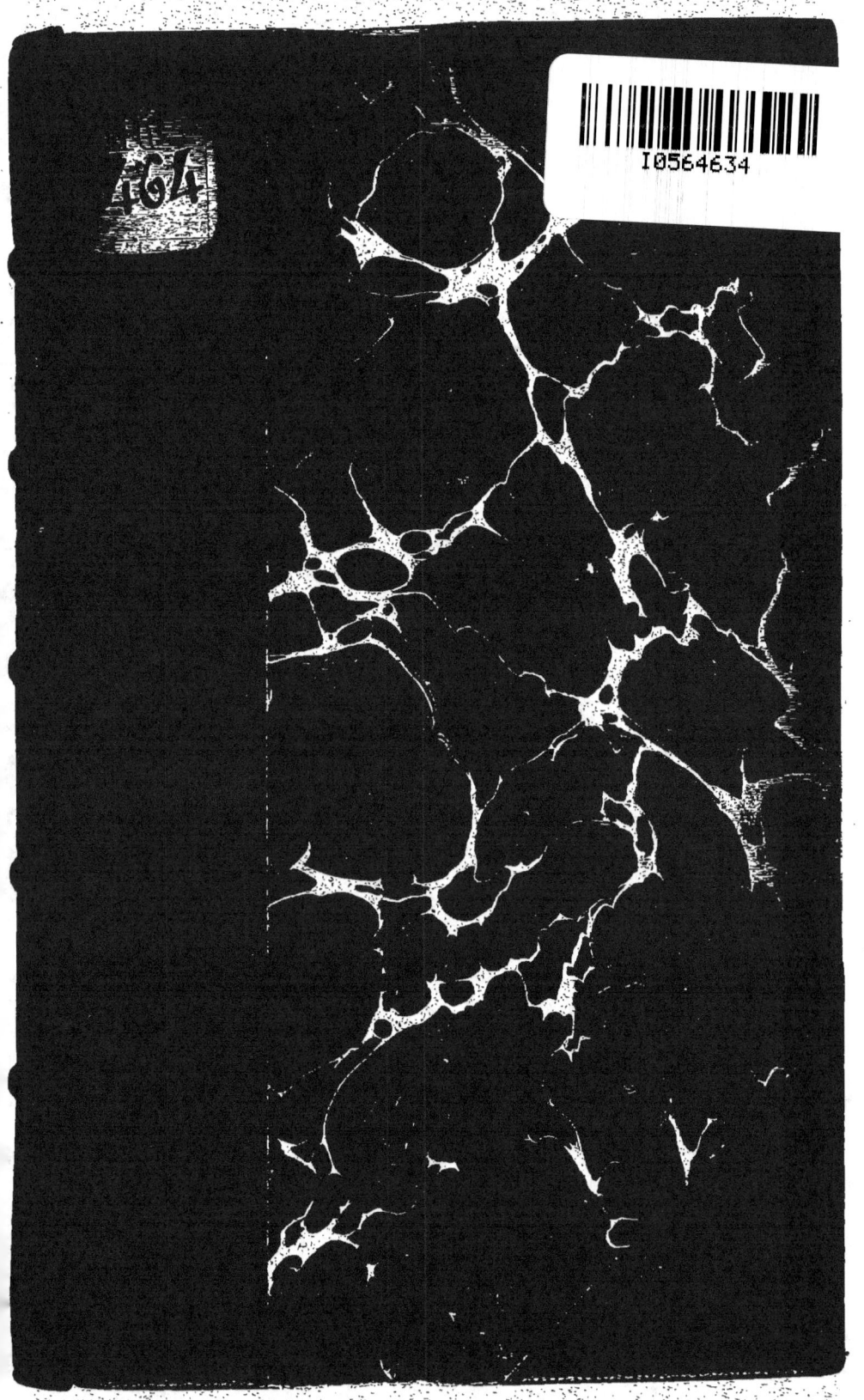

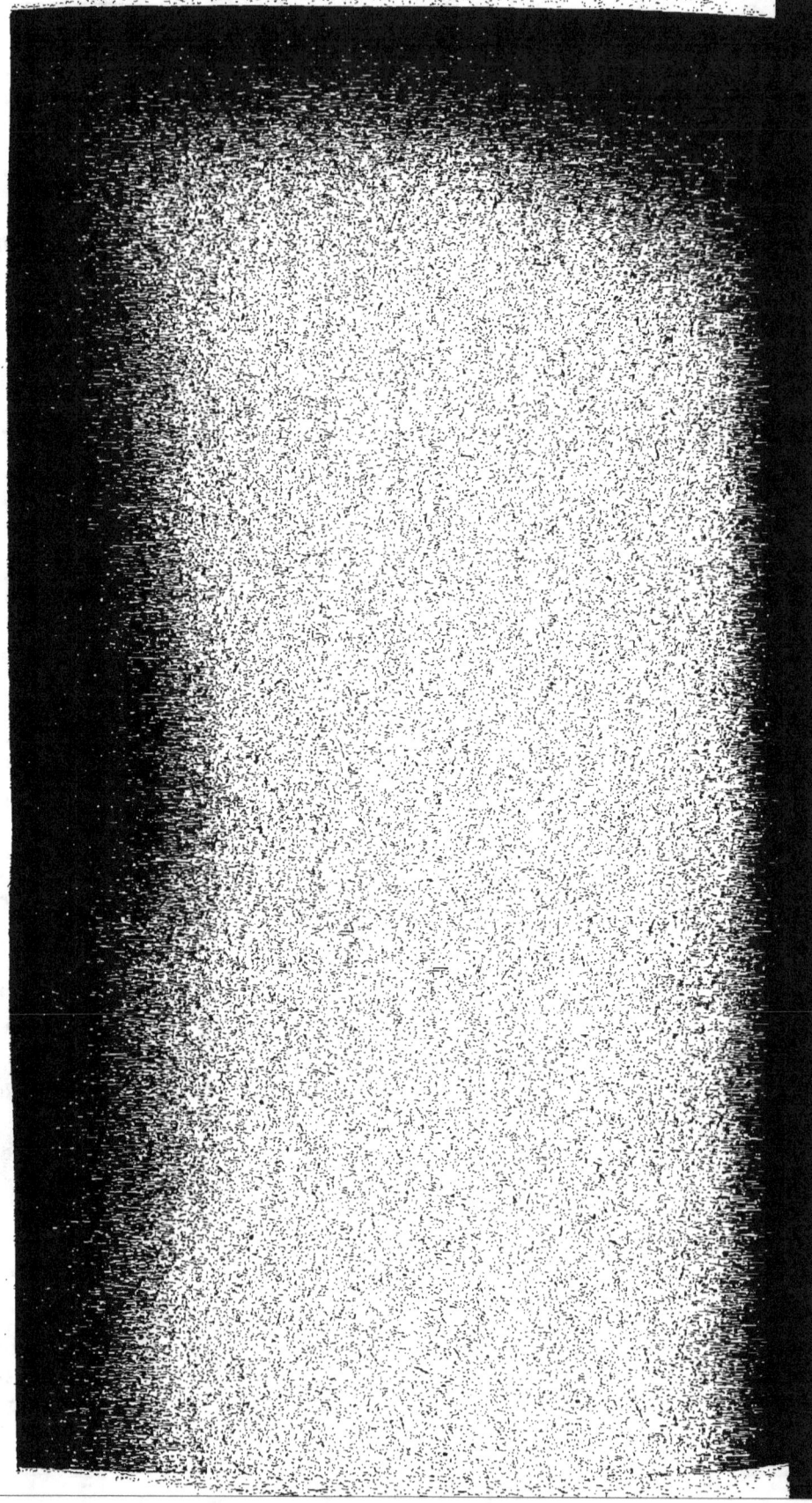

TROIS STATIONS

DE

PSYCHOTHÉRAPIE

PAR

MAURICE BARRÈS

———

PARIS

LIBRAIRIE ACADÉMIQUE DIDIER

PERRIN ET Cⁱᵉ, LIBRAIRES-ÉDITEURS

35, QUAI DES GRANDS-AUGUSTINS, 35

—

1891

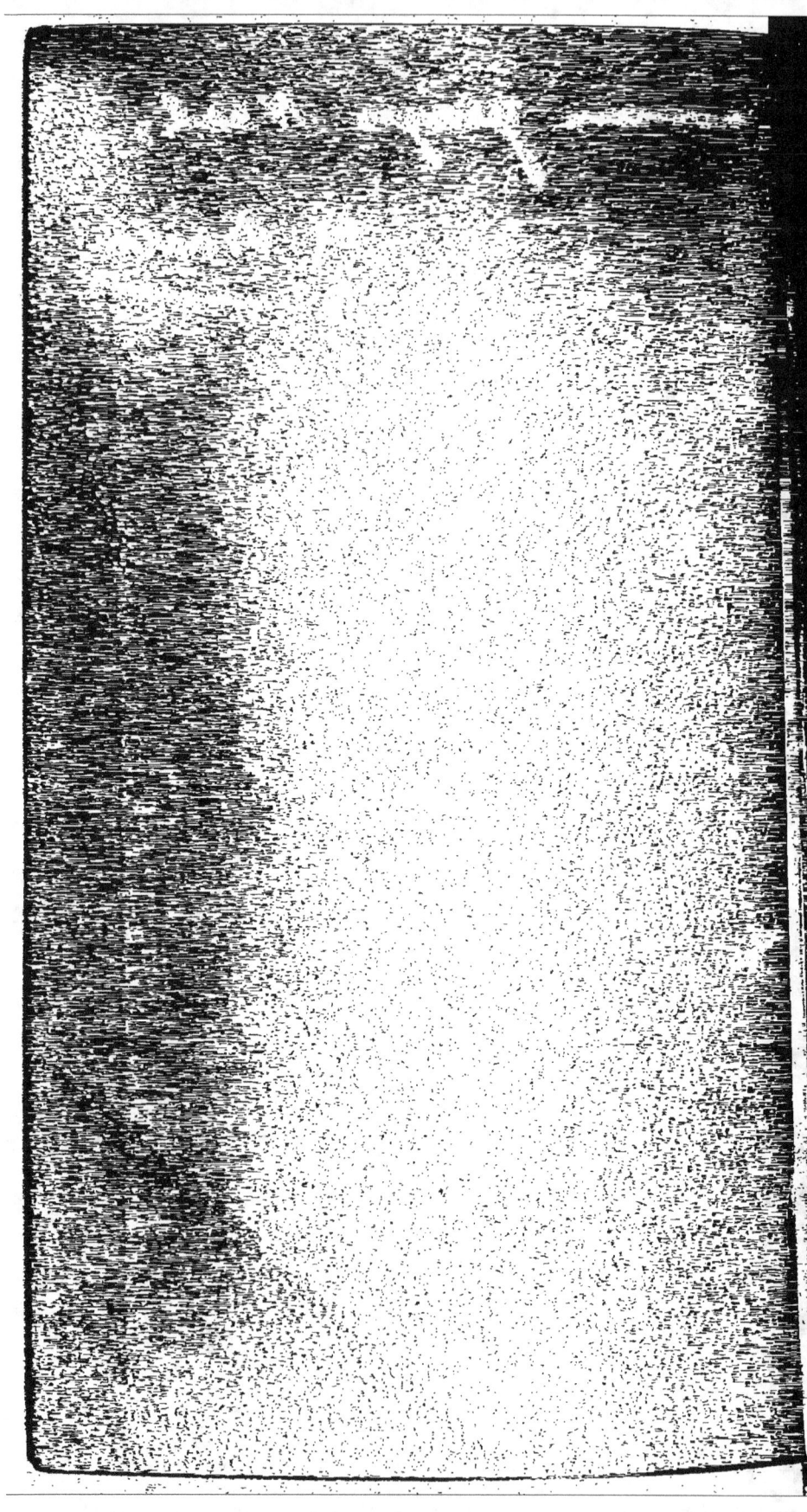

Il a été imprimé 16 exemplaires numérotés sur papier des manufactures impériales du Japon.

TROIS STATIONS

DE

PSYCHOTHÉRAPIE

DU MÊME AUTEUR

POUR PARAITRE PROCHAINEMENT

ÉMILE COLIN — IMP. DE LAGNY

TROIS STATIONS

DE

PSYCHOTHÉRAPIE

PAR

MAURICE BARRÈS

———

PARIS

LIBRAIRIE ACADÉMIQUE DIDIER

PERRIN ET Cⁱᵉ, LIBRAIRES-ÉDITEURS

35, QUAI DES GRANDS—AUGUSTINS, 35

—

1891

A ma mère.

TRAITEMENT DE L'AME

Ces trois essais sont tirés des dossiers où j'ai liassé les notes dont furent composés ces « Traités de la culture du moi » auxquels certains esprits ont donné leur sympathie. Voici en quelque sorte des marginalia de *Bérénice*, de l'*Homme libre* et des *Barbares*.

Cette *Visite à Léonard de Vinci* pourra contenter ceux qui goûtent tel chapitre de l'*Homme libre* sur une journée que je

..

passai à Milan... — Dans la *Visite à Latour de Saint-Quentin*, le pastelliste, je mets en relief l'incapacité qu'eut cet acharné observateur à se composer une vue générale de l'humanité, dont il portraictura tant de fragments; et quelques lecteurs penseront peut-être à Charles Martins du *Jardin de Bérénice*. Chère et tendre Bérénice ! Quand je l'aimais, n'ai-je pas vécu en plus étroite harmonie avec l'âme du monde qu'aucun de ces curieux insatiables qui mènent leur minutieuse enquête à travers les temps et les pays ?... — Dans le troisième essai enfin, dans ces considérations sur le cosmopolitisme, où quelques-uns me sauront gré

---

d'avoir utilisé l'incomparable
mémoire de Mademoiselle Bashkirtseff, on trouvera quelque
lumière sur une confusion, fort
à la mode d'aujourd'hui, entre
la sensibilité de nos délicats et
le sentiment religieux. Bien que
nos néo-catholiques ne soient
que des esprits vagues auxquels
il ne convient pas de prêter
plus d'importance qu'à la tasse de
thé où ils se noieront, il est du
moins exact que certain pessi-
misme sentimental et certaines
exaltations religieuses témoi-
gnent d'une même qualité d'âme.

On le voit, ces essais sont
des compléments de notre pensée; non pas des redites, toute-
fois. Ils ne font point double

emploi avec les ouvrages que
je rappelle, mais en soulignent
la méthode.

Psychologie, scepticisme,
dira-t-on. En vérité je n'ai pas
plus de droit au titre de psychologue, qui supposerait la curiosité et la science de l'âme
humaine tout entière, qu'à l'ap-
pellation de sceptique, qui im-
plique le refus de toute affir-
mation. Si des personnes raison-
nables me suivent dans les trois
pèlerinages où cet opuscule les
convie, elles reconnaîtront que
je n'étudie que certains états
d'âme, assez particuliers, mais où
je suis compétent, et elles ajou-
teront que je ne me contente
pas de décrire des stations, mais

encore que j'y théorise, afin de réglementer les intéressés après avoir éclairé les curieux.

Ainsi se justifie mon titre *Essais de psychothérapie*. On trouvera ici l'indication du traitement le plus convenable, selon notre méthode, — qui est l'exaltation du Moi, — à certaines particularités de l'âme moderne. C'est ici de la psychothérapie.

Vous traitez l'âme, disent les lecteurs (ceux-ci fort égayés, ceux-là craignant qu'on ne les amuse guère), mais quelle est votre thérapeutique ?

Je me suis surpris à en invoquer le bénéfice dans une page de *Sous l'œil des Barbares.*

C'était une prière ardente, une
des plus sincères, je l'affirme,
qui soit sortie de l'angoisse fa-
milière à tant de jeunes gens
de notre époque. « .....Le vœu,
disais-je, que je découvre en
moi est d'un ami, avec qui
m'isoler et me plaindre, et tel
que je ne le prendrais pas en
grippe. J'aurais passé ma journée
tant bien que mal sur les be-
sognes. Le soir, tous soirs, sans
appareil, j'irais à lui. Dans la
cellule de notre amitié fermée
au monde, il me devinerait; et
jamais sa curiosité ou son indif-
férence ne me feraient tressaillir.
Je serais sincère ; lui, affectueux
et grave. Il serait plus qu'un
confident, un confesseur. Je lui

trouverais de l'autorité, ce serait mon ami, et, pour tout dire, il serait à mes côtés moi-même plus vieux... »

Mais voici l'essentiel où je vise dans ces consultations :

« ..... Si mon cerveau trop sillonné par le mal se refusait à comprendre, et, cette supposition est plus triste encore, si je méprisais la vérité par orgueil de malade, lui sans méchante parole modifierait son traitement. Car *il serait moins un moraliste qu'un complice clairvoyant de mon âcreté. Il m'admirerait pour des raisons qu'il saurait me faire partager ; c'est quand la fierté me manque qu'il faut violemment me secourir et*

me mettre un Dieu dans les bras,
pour que du moins le prétexte de
ma lassitude soit noble. »

Le voilà dans cette dernière
ligne, le véritable traitement
qui convient à nos jeunes contemporains caractérisés par l'é-
nergie de leurs dédains et par
leur impuissance à agir. Eh!
certes, je le sais bien que, sous
couleur d'être analystes, nous
ne sommes que des nihilistes,
des âmes sèches, des cerveaux
incapables de sentir efficace-
ment et avec suite, organisés uniquement pour la négation. Mais
que sert-il qu'on nous répète :
« Ne soyez pas tels que vous êtes,
n'usez pas de l'âme que vos pères
vous firent ! » C'est encore en

donnant leur rythme naturel et, sans provocation, une allure toujours fière à nos sentiments que nous en tirerons agrément et honneur.

J'ai donc poussé à leur pleine intensité les images où se reconnaîtront la plupart des jeunes gens modernes, analyste qui s'épie soi-même, curieux qui se passionne pour trouver les mobiles de tous actes, cosmopolite errant à travers la culture humaine. Comme je l'avoue dans le dernier essai, m'étant proposé de leur donner du ton, je leur présente non leur histoire, mais leur légende, composée de telle sorte qu'elle les ennoblisse à leurs propres yeux.

...

En vérité, petits lycéens, étu-
diants, jeunes garçons isolés en
province, et vous aussi, filles de
vingt ans, qui n'avez les uns et
les autres que du dégoût pour
l'ordinaire d'une vie que vous
semblez d'ailleurs impuissants
à modifier, quand je vous prête
l'âme du Vinci, de nos grands
analystes modernes et de la délicieuse Marie Bashkirtseff, n'est-
ce pas un Dieu que je vous mets
sur les bras, — « pour que du
moins le prétexte de votre lassitude soit noble. »

Ces petits essais, dans mon esprit, ce sont, pour des modernes,
des consolations à la manière de
celles que le plus précieux de nos
maîtres, Sénèque, adressait, avec

une extrême élégance, aux raf-
finés si las de son époque. Et
pour m'en tenir au mémoire qui
clôt ce livret, n'aurai-je pas con-
couru utilement à la direction
spirituelle des temps qui sont
proches, si je puis convaincre
tant de jeunes femmes désœu-
vrées, voyageuses et déracinées
de tout devoir, que « la légende
d'une cosmopolite » les dépeint?
Aucune morale ne leur ren-
drait les vertus surannées de
la reine Berthe qui filait son
lin, mais peut-être à nous faire
leur complice saurons-nous les
convaincre de jouir sans hy-
pocrisie des conditions nouvelles de la vie moderne. Chère
vie moderne, si mal à l'aise

dans les formules et les préjugés
héréditaires, vivons-la avec ardeur, avec clairvoyance aussi,
avouons-en toutes les nuances,
et que diable! elle finira bien
par dégager d'elle-même une
morale et des devoirs nouveaux.

TROIS STATIONS

DE

PSYCHOTHÉRAPIE

UNE VISITE

A

LÉONARD DE VINCI

Aux analystes du Moi.

Milan nous touche entre toutes
les villes, parce qu'elle fut le lieu
d'élection de Léonard de Vinci, et
parce que Stendhal l'adora, jusqu'à
vouloir que sur sa tombe on écrivît
simplement : « Citoyen milanais ».
Mais de Stendhal, il faudrait parler
depuis ce triste port de Civita-Vec-
chia, où pendant trente années il

s'ennuya, vieux beau apoplectique qui n'avait d'autre distraction qu'une causerie, le soir, entre huit et neuf, dans la boutique de l'unique libraire. Je veux rapporter de Milan une visite que je viens d'y faire à Léonard de Vinci.

Non pas que l'œuvre de Léonard, qui ne fut jamais considérable, soit ici abondante. Des manuscrits, des esquisses, cette admirable fresque de la *Cène* — dont la beauté semble plaire à Dieu même, puisqu'elle n'est pas abolie, en dépit des militaires qui l'écaillèrent et des peintres qui la retouchèrent : voilà tout ce que l'on peut étudier de ce grand artiste à Milan, si l'on y ajoute, témoignages précieux, trésor rare, la plupart des œuvres exécutées sous son influence par ses élèves. Mais cette gloire de Vinci, qui nous offre un des sujets les plus troublants sur lesquels puissent rêver

les ambitieux et les esthéticiens,
quelques traits de crayon lui suffisent pour l'affirmer.

Nous entrevoyons à peine ce qu'il
fit et ce qu'il voulut; il faut pourtant que nous le saluions comme un
des princes de l'art. Ce peintre
exceptionnel est compris par la pensée mieux encore que par les yeux.
Et c'est à Milan, où il a tant mé-
dité, qu'on est le mieux placé pour
rêver de lui.

Dans les indications de ses *Livres
de dessins*, et sous les repeints de
la *Cène*, nous devinons la beauté
qu'il cherchait, aujourd'hui envahie
d'ombre; comme sous le génie in-
férieur de ses disciples nous retrou-
vons la direction d'art qu'il ensei-
gna.

Intelligence unique par sa puissance et par la largeur de sa curio-

sité, Vinci apparaît à la fois un grand
méditatif et un grand séducteur.
Ses études universelles et profondes
ne l'accaparaient pas, il fut encore
un magnifique cavalier; d'une psychologie désabusée et fine, il évo-
luait avec aisance dans la vie déco-
rative de son siècle pittoresque. Que
des dons aussi opposés se soient
trouvés dans un même homme, et
poussés à une telle perfection, voilà
qui déconcerte les catégories où
nous sommes habitués à ranger les
tempéraments! Et cette dualité
éclaire le sourire de toutes les figures qu'il a laissées, ce sourire que
le temps emplit chaque jour d'une
nuit plus profonde, mais qui parut,
dès son éclosion, inexplicable! Il y
peignait sa propre complexité, son
âme habile tout à la fois à la science
et à la séduction.

Je ne saurais pas trouver d'épi-
thètes pour vous exprimer ce con-

flit qui fait le génie mystérieux du
Vinci et que tant d'artistes, tant de
penseurs et tant d'amants ont inter-
rogé, à l'*Ambrosienne* et au *Bréra,*
sur les petites lignes du visage de ses
femmes. J'aime mieux transcrire ce
que me disait, avec une intensité
incroyable, une de ces âmes (jeune
fille, jeune homme?) aux cheveux
déroulés, âme sensuelle pourtant,
avec des lèvres, de grands yeux et
toute une joie divine qui montait
de son visage — ce que me répétait
une autre esquisse, femme adorable,
baissant les paupières avec une gravité presque ironique — ce que
toutes me firent entendre :

« *Parce que nous connaissons les
lois de la vie et la marche des passions, aucune de vos agitations ne
nous étonne, rien de vos insultes ne
nous blesse, rien de vos serments
d'éternité ne nous trouble..... Et
cette clairvoyance ne nous apporte*

aucune tristesse, car c'est un plaisir
parfait que d'être perpétuellement
curieux avec méthode..... Mais nous
sourions de voir la peine que tu
prends pour deviner ce qui m'inté-
resse. »

Voilà ce que dit, je l'ai bien en-
tendu, le sourire de Léonard. C'est
ce que Gœthe répétera plus tard.
C'est, avec des différences sans
nombre de siècle et de race, l'im-
pression que nous laissent les deux
Faust.

Rien qui soit plus purement intellectuel. Comment Taine a-t-il pu
parler, à propos de Léonard, de
pensées *épicuriennes, licencieuses*?
« Quelquefois, dit-il, chez le Vinci,
on trouve un bel adolescent am-
bigu, au corps de femme, svelte et
tordu avec une coquetterie voluptueuse, pareil aux androgynes de
l'époque impériale..... Confondant
et multipliant, par un singulier mé-

lange, la beauté des deux sexes, il
se perd dans les rêveries et dans les
recherches des âges de décadence
et d'immoralité... » Ici assurément,
Taine, comme il lui arrive souvent dans ses études d'art, a dé-
tourné ses yeux de l'œuvre de Léonard pour suivre le développement
de sa propre pensée. Emporté par
cette imagination philosophique et
par cette logique qui font sa puissance, ce grand historien des passions intellectuelles a poussé jusqu'aux dernières conséquences possibles la curiosité de Léonard. Sans
doute, restreinte à la méthode de
Léonard, la divination de Taine a
vu juste. Oui, « cette recherche des
sensations exquises et profondes »,
qu'enseignait le Vinci, mènera la plupart des hommes à des rêveries ambi-
guës. Voyez, dans les musées de Milan, ces figures de Marco d'Oggione,
de Cesare da Sesto ; elles maintien-

nent avec peine leur sourire; je
sens une polissonnerie, à fleur des
lèvres, sous ces jolis visages. Et ce
portrait de jeune fille, de petite fille
(par un élève du Vinci)! Cette enfant
est trop fine, trop pure, elle en devient provocante! Mais c'est qu'elle
n'est pas de la grande race des
femmes du Maître; sous son front
étroit, délicieusement éclairé de
perles, elle n'a que des pensées médiocres. Je le sais, qu'une telle âme,
mal défendue par son faible cerveau contre les exigences du désir, dut connaître d'étranges trou-
bles, quand Léonard lui enseignait,
avec tant d'élégance, la curiosité du
nouveau et le dédain de la vie com-
mune. Le pur Luini lui-même, dans
le vestibule du *Bréra*, nous montre
une jeune fille aux paupières rou-
gies, d'une lassitude et d'une ardeur
où la femme devient effrayante.
Mais, M. Taine ne le voit-il pas, chez

Léonard comme chez Gœthe, ces
dangereuses aspirations demeurent
intellectuelles.

Ses exigences et ses indépen-
dances se satisfont dans le domaine
de la pensée, sans se tourner vers
des réalisations voluptueuses. Chez
Léonard l'intelligence aurait pu se
révolter; jamais les nerfs. Les contemporains de ce profond penseur
le savaient bien. Lomazzo l'ap-
pelle un Hermès, un Prométhée :
il leur apparaît l'homme qui sait le
secret des choses. Il savait les lois
de la vie.

Cela éclate dans son chef-d'œuvre.
Comme elle aura été étudiée cette
figure de Jésus qui est le centre de
la *Cène* ! C'est qu'elle est aussi,
pour quelques-uns, le centre de la
conscience humaine. Je veux dire
que cette figure que nous voyons
là, toute tournée sur soi-même,
toute préoccupée de la vie inté-

rieure, est le type parfait de l'analyste du Moi : c'est l'esprit vivant
uniquement dans son monde inté-
rieur, indifférent à la vie qui s'agite
autour de lui.

Qu'un homme du quinzième
siècle, dans une de ces cours sen-
suelles et débordantes d'Italie, ait
pu créer une telle beauté psychique,
voilà qui est prodigieux! Il n'y
arriva pas du premier trait. Il faut
voir au *Bréra* l'étude au crayon
rouge qu'il fit pour cette tête de
Jésus. Là, pas de dédoublement de
la personnalité. Bonté triste, par-
don, soumission, résignation, sans
fierté intérieure, ce me semble.

Ce Jésus de l'esquisse est presque
un frère de l'apôtre Jean qu'on voit
dans la *Cène*, et qui n'est, lui,
qu'une vierge, rien qu'un simple.
Mais dans la fresque définitive,
Jésus est fortifié : ce haut intellectuel est entouré de sots, de braves

gens et de canailles, dont les attitudes violentes synthétisent admi-
rablement les sentiments du com-
mun des hommes, et il leur dit :
« *La trahison me viendra de vous,*
de vous, ô mes amis. Mais cela ne
m'offre rien d'étonnant, car je com-
prends les tentations auxquelles suc-
combera le coupable, et par là même
je l'excuse. D'ailleurs, pour que
j'aie l'occasion d'être héroïque, ceci
était nécesaire ; la grandeur mo-
rale étant faite des bas traitements
qu'elle surmonte. »

Cependant les mains de ce héros
semblent avouer une certaine lassitude. Un étroit paysage bleuâtre
et voluptueux, entrevu dans une
fenêtre, derrière la tête de cette
haute victime (victime de soi-même,
martyr par sa propre volonté), vient
nous rappeler que la vie pourtant
peut être libre, sensuelle et facile.
Ces hommes avec leur passion, ce

sage avec sa grandeur surhumaine
et dont l'équilibre inquiète, nous
attristent également. Ah ! qui donc
saura nous faire connaître l'existence comme un rêve léger !

C'est un coloriste lumineux que
Léonard, et les créatures qu'il peint
sont les plus ravissantes qu'on puisse
imaginer. Pourquoi donc, en le
quittant, suis-je saisi d'une telle
tristesse ? C'est que rien ne nous
comprime plus que de suivre le
travail secret d'un analyste ; on
voit que sa vie est un malaise, un
frémissement perpétuel. Les grands
peintres de Venise furent heureux,
car ils peignaient d'abondance, sans
disputer avec eux-mêmes. Mais
quelle angoisse, celle de l'artiste qui
se divise en deux hommes, de telle
sorte qu'à mesure que l'un crée,
l'autre est là qui juge l'œuvre en

train de naître ! Et chacun d'eux, adorant l'autre, se dit : S'il allait n'être pas satisfait !

J'ai souvent pensé à l'affligeante émotion dont palpitait assurément la Béatrice quand, au Paradis, elle apparut à Dante. On sait que cet illustre poète avait cherché sa maîtresse en Enfer, au Purgatoire ; enfin, il la retrouvait ; il était éperdu de respect, de crainte aussi : car de faible femme n'était-elle pas devenue une bienheureuse et la compagne des personnes divines ? Elle, cependant, dans la gloire qui l'enveloppait, avait sa fraîche poitrine gonflée d'une angoisse plus insupportable encore, car elle pensait : « *S'il allait me trouver moins belle !* »

Cette imagination m'aide assez à comprendre la vie ardente d'un de ces analystes chez qui l'âme, comme nous avons dit, est double. C'est perpétuellement en eux le drame

du Dante rencontrant la Béatrice.
Leur sourire est lassé et un peu dédaigneux, comme le sourire du
Vinci : lassé par ces violentes émotions intérieures ; dédaigneux avec
indulgence parce que la vie exté-
rieure leur paraît une petite chose
auprès des profondeurs de leur être
que sans trêve ils considèrent.

UNE JOURNÉE

CHEZ

MAURICE LATOUR

DE SAINT-QUENTIN

Aux psychologues à
systèmes.

J'ai passé la journée dans ces trois
petites salles, solitaires et froides,
du musée de Saint-Quentin, où sont
réunis la plupart des pastels de
Maurice-Quentin de La Tour. Nul
endroit où nous puissions serrer de
plus près ce que furent, en réalité,
ces filles de l'Opéra, ces publicistes,

ces femmes si tendres, tous ces cau-
seurs originaux de qui la légende
nous laisse près du cœur des images
délicieuses, mais trop vagues. La
Tour eut la passion de rendre la
nature, sans l'embellir ni l'exagérer,
et l'occasion de portraicturer beau-
coup des figures fameuses dans ce
dix-huitième siècle.

Ses crayons fixaient non seulement les contours, les traits de naissance, mais la physionomie, cette
poussière des chagrins et des félicités qui reste aux plis d'un visage
froissé par la vie. Voilà, en vérité,
une des chapelles où peuvent méditer le plus abondamment les dévots de l'âme humaine! Ils n'y
trouveront pas seulement des images illustres ou saisissantes ; ce musée vaut surtout comme l'expres-
sion la plus complète de cette passion vive dont sont possédés quelques esprits pour écouter, regarder

et comprendre les autres hommes.
Je tiens l'œuvre de La Tour pour
le témoignage le plus parfait que
nous possédions de la curiosité
psychologique.

La Tour eut, à un degré incroyable, le goût de deviner et d'exprimer la façon particulière qu'a
chaque homme de rechercher le
bonheur. Qu'un Vinci, de sa *Jo-
conde* à son *Saint-Jean*, s'enfièvre
pour nous indiquer son rêve irréa-
lisable ! La Tour, dans ces quatre-
vingt-sept pastels que j'examine, se
propose uniquement de nous faire
voir les âmes les plus intéressantes
qu'il a rencontrées et d'y porter la
lumière.

Au musée de Saint-Quentin, on
m'entend, ce n'est pas le métier du
grand artiste qui m'arrête, mais
j'admire qu'un homme ait enfermé

3

sa vie dans la seule curiosité de comprendre quelques variétés de l'âme
humaine.

Les crayons d'un Sainte-Beuve
vont moins loin dans l'analyse. Em-
barrassés d'anecdotes, compliqués
des goûts de l'auteur lui-même, les
Portraits du Lundi ne valent pas,
comme témoignages sur l'humanité
morte, ces pastels de La Tour, où
rien n'existe qui ne soit significatif.

Ces 87 visages qui, de tous ces
murs, me regardent, il leur a sorti
leurs secrets à fleur de peau. Le pli
de leurs lèvres, le poids de leurs paupières, toute cette atmosphère du
visage que notre instinct saisit pour
aimer ou haïr un homme mais qui
n'a pas de nom, m'apparaissent, mis
en valeur dans ses pastels avec une
prodigieuse sûreté de psychologue.
Ces morts, embrumés aujourd'hui
par tant de querelles, La Tour me
les montre sans voiles, prisonniers

pour jamais sous ces glaces. Il me
les explique. Machinalement, aux
marges du catalogue, j'ai pris quelques notes qu'il me dictait...

Voilà Rousseau, et j'ai écrit :
« Tracassier, craintif, mélange de
jalousie et de dédain, mais dédain
très particulier, dédain qui blâme
et salit tout. Et, pourtant, qui ne
l'aimerait, ce Jean-Jacques, avec sa
jeune figure de laquais dévoré de
sensualité et de chagrin ! »

Voici d'Alembert: « Assez en
bois... Je m'explique qu'il ait sup-
porté si courageusement les traits
même posthumes de mademoiselle
de Lespinasse, et je comprends
aussi qu'elle, si tendre, ait osé le
ménager si peu : par tempérament,
il devait souffrir moins qu'aucun
autre, car il avait des dispositions
naturelles au dévouement. »

Et madame Favart: « C'est la
sottise de la spécialisation : sotte,

irrémédiablement sotte, ne pouvant exprimer qu'un personnage étroit, qu'elle porte d'ailleurs à son intensité »

Et Louis XV : « Un homme de ce temps déjà, comme nous en voyons au cercle, dans le monde... Quel abîme entre ce galant homme, d'élégance si fine, et ses prédécesseurs, que notre imagination ne peut se représenter ! »

Et la Camargo : « Mademoiselle Camargo ! la plus jolie figure, assurément, de toute cette galerie : elle fut jeune et vigoureuse, elle faisait voir de la finesse sur un fond de gravité voluptueuse... La jolie fille, telle que je l'imagine à dix-sept ans, quand le comte de Clermont-Tonnerre l'enleva, la paya et en fit sa maîtresse ! »

Ainsi je parcourais ces salles où La Tour a augmenté l'humanité de vingt figures intéressantes. Et peu à peu, de tous ces étrangers une tristesse tomba sur moi, si péné- trante bientôt qu'elle m'incommoda. Je ne voulus pas en voir davantage.

Etait-ce quelque regret de toutes ces beautés qui, pour jouir d'elles, ne nous laissent que la poussière d'un pastel ? Ou encore, le mélanco- lique contraste de ces dépouilles de boudoirs classées aujourd'hui admi- nistrativement ?

Non, ce qui m'attristait, c'était la philosophie même de La Tour, cette façon d'entendre la vie à laquelle son génie me faisait participer.

Je le sentis bien ce jour-là : per- pétuelle curiosité, c'est mort sans cesse renouvelée dans l'esprit. L'é- motion que me donne telle âme mise là sous verre par La Tour est balayée au cadre suivant ; c'est mort et naissance en moi à chaque pas.

Ainsi en est-il de tous ceux qui
traversent la vie en purs analystes.
Devant leur compréhension, que
rien ne fixe, toutes les âmes s'élè-
vent pour tomber aussitôt, triom-
phatrices d'un jour. Ils accueillent
tout et n'adoptent rien ; ils ne lient
que des amitiés d'un soir et ressentent, à chaque tournant de leur curiosité, la tristesse confuse du voya-
geur quittant un beau pays. C'est la
mort de nos amours de la veille qui
déblaie notre âme pour de nouvelles
amours.

On rapporte du premier des analystes de ce temps, de M. Taine, un
mot hautain dont la candeur éclaire
nettement ce véritable carnage
qu'est, dans l'ordre intellectuel, la
vie de ces infatigables conquérants
d'âmes. Ce maître rencontre-t-il un
homme intéressant par sa force na-
turelle, par l'expérience acquise ou
par ses singularités, il l'entraîne à

l'écart, le presse de questions, le sollicite de toutes parts jusqu'à ce qu'il en ait vérifié les limites, puis s'écartant : « Je l'ai épuisé ! » pense-t-il.

Il a connu, lui aussi, cette desséchante ardeur psychologique, le vieillard Siméon, de qui parlent les Évangiles, celui qui, étant entré en relations avec l'Enfant Jésus et l'ayant attentivement observé, s'écria du même ton que Taine : « Maintenant que je vous ai vu, Seigneur, vous pouvez mourir ! » Ce Siméon, avec un grand sens des nécessités de son époque, prévoyait le drame du Calvaire et, très renseigné sur les personnalités de la Judée, il désirait connaître les prétendants possibles à ce grand rôle.

Les rédacteurs des Evangiles, dans un but facile à comprendre, dénaturèrent légèrement ses paroles; de ce curieux, ils firent un

adorateur du Christ. En cela, du
reste, ils commirent plutôt une er-
reur qu'une habileté ; l'illusion
dans laquelle ils donnèrent est com-
mune à tous les hommes de parti
que nous approchons pour mieux
les étudier ; nous nous prêtions,
ils crurent que nous nous donnions.
Mais où voit-on que Siméon ait
embrassé les nouvelles doctrines ?
Il fit causer l'illustre initiateur, et
l'ayant compris : « Maintenant que
je vous ai vu, conclut-il, vous pouvez mourir, Seigneur. » C'est-à-dire
qu'il engageait Jésus à suivre sa
Passion, mais se récusait d'y participer.

Aucune passion, mais les comprendre toutes ! c'est la formule des
analystes.

Esprits vastes et mornes, ils évo-
quent à l'imagination ces plaines

d'eaux où se réflétaient en fuyant
les voluptueuses galères de Cléo-
pâtre. Mais posséder les furtives
images de toutes les souffrances et
de tous les bonheurs, cela valut-il
jamais pour remplir nos jours une
seule fièvre émouvante ?

Certes, avec quelque habitude des
gestes et des formules convenues,
vous découvrirez une forte variété
de caractères qui pourront vous distraire. Le monde des arts et les cou-
loirs de la politique, les salons et la
rue, la Bourse et le Palais, autant
de théâtres où, sans grand effort,
se procurera un bon fauteuil d'or-
chestre celui qui sait utiliser les liber-
tés de 1789. Mais quoi ! des poètes
naïfs, des penseurs, des habiles sans
générosité et des sots prétentieux
défilent au bout de ma lorgnette
amusée ! mon cœur dispersé s'at-
triste à ce panorama, comme il fit
dans les salons de La Tour. Des

figures ! des figures ! Ah ! qui me
délivrera de tant de figures ?... Ici
l'analyste méprise un peu ma rapide satiété et me raille :

— « Si tant de visages marqués par
la vie ne vous suffisent pas, dit-il,
joignez-y le petit Bara qui fut his-
torique en montrant son derrière. »

— « Ah ! le derrière du petit Bara !
lui répondrai-je, combien je l'aime-
rais si je pouvais participer à l'héroïsme dont il est le geste ! »

Se passionner autant que n'im-
porte quel passionné, tel serait le
bonheur profond.

En vain voudrions-nous borner
notre jeune instinct au rôle d'observateur ! Amusement d'épiderme !
Sous ce masque de curiosité dis-
traite, je vois l'analyste qui bâille.
« Puissances invincibles du désir et
du rêve ! s'écrie Taine, on a beau
les refouler, elles ne tarissent pas. »
La vie n'est qu'un spectacle, disait

l'analyste, et il la regardait passer
des hautes fenêtres de sa tour, mais
chaque belle fièvre, en s'éloignant,
lui laissait un de ces regrets qui,
accumulés, rompront la digue :
l'analyste un jour se laisse envahir
par son rêve. Pas plus que Taine et
les autres, La Tour n'y a échappé.
Cet observateur minutieux se préoc-
cupa de systématiser le monde.

Il philosopha sur son art d'abord,
puis sur l'organisation des sociétés ;
et dans son désir d'embrasser l'univers, il en vint à régler le cours des
astres. Sa manie était de dégager
l'harmonie qui gouverne les choses ;
c'est le dernier mot des observa-
teurs ; ils veulent ordonner cette
masse d'objets particuliers dont ils
se sont fait des images précises. De
telles passions, débridées dans des
âmes qui longtemps se raidissent,
poussent souvent jusqu'à la folie.
Le panthéisme de La Tour offre au

moins des bizarreries. On nous
montre cet observateur minutieux
qui dans ses promenades s'adresse
aux arbres et, les serrant dans ses
bras, leur dit : « Bientôt, mon cher
ami, tu seras bon à chauffer les
pauvres. » Dans son rêve métaphysique, pour aider à l'incessante
transformation de la matière et
parce qu'il était convaincu de l'unité
de substance, il dévora parfois ses
excréments.

C'étaient là de fâcheuses métho-
des. La Tour n'était pas doué pour
saisir cette âme du monde qu'il
entrevoyait. Ce merveilleux physio-
nomiste prêtait à l'univers une
figure insuffisante. Je ne m'en
étonne pas, ayant vu à ce musée de
Saint-Quentin son portrait peint
par Perroneau. « La Tour, écri-
vais-je aux marges du catalogue,
fait l'insolent, mais ne domine pas ;
c'est un valet qui observe les invi-

tés, ce n'est pas Saint-Simon. »
Pensée exprimée trop durement !
Mais on entendra qu'il ne s'agit ici
que de hiérarchie intellectuelle. Je
veux dire que La Tour n'était pas
de force à maîtriser les objets qu'il
avait la passion d'observer.

A Saint-Quentin toujours, on le
voit peint par lui-même : « Ce qui
frappe tout d'abord dans cette tête
de Picard agile, c'est qu'un tel
homme devait être merveilleusement doué pour tous les arts ma-
nuels. Il voit les choses par le
dehors, il excelle à saisir leur agen-
cement. Certes il se préoccupe des
pensées et des affections de l'âme,
car il voit combien elles modifient
les physionomies, mais il n'a pas
l'amour de l'âme. Il ne s'émeut pas
des passions qu'il épie. » Son panthéisme naquit de sa constatation
qu'il est une forte harmonie sous
l'apparente diversité des choses,

mais nullement d'une révélation intérieure, d'un instinct religieux. Ce descripteur jamais ne fut un intuitif. Les esprits de cette race ignorent que le seul inventaire vraiment complet de l'univers, c'est une ardente prière d'amour.

Observer, prendre des notes, les rassembler systématiquement, toute cette froide compréhension par l'extérieur nous mène moins loin que ne feraient cinq minutes d'amour. Nous ne pénétrons le secret des âmes que dans l'ivresse de partager leurs passions mêmes. C'est la méthode où se rejoignent les grands analystes et les purs instinctifs. Michelet mal renseigné sur l'Inde védique, les Iraniens, les Egyptiens, les Juifs, les enveloppe d'un tel nimbe d'amour qu'ils sont mieux éclairés (dans sa « Bible de l'huma-

nité ») que par tous les savants mé-
moires des érudits spécialistes. De
même pour adoucir l'agonie de son
amant, je me fie plus aux soins délicats d'une maîtresse qui voit la
plaie avec les yeux de sa tendresse
qu'à toute la science des hygié-
nistes. Et encore, s'il s'agit de comprendre la direction de l'univers et
la vie qui emporte tous les êtres,
seuls verront loin les passionnés. Un
jour que *la Poja*, fille jeune et
toute nûe dansait le tangô sur la
table branlante d'un mauvais lieu
d'Andalousie, ses seins frémissaient
moins que les cœurs des matelots
ivres qui pour cent sous l'allaient
posséder. Or, je le vis, ces hommes
grossiers, en cet instant, commu-
niaient avec cette femme et avec la
vie universelle d'une façon plus
étroite que ne firent jamais les
hommes de systèmes, et de celle
que dévoraient leurs yeux enflam-

més, ils se faisaient une image in-
comparablement plus vivante qu'aucun des chefs-d'œuvre d'observa-
tion suspendus par La Tour dans
les froides salles de Saint-Quentin.

LA LÉGENDE

D'UNE

COSMOPOLITE

Aux Néo-Catholiques.

Certains lieux fameux dans l'histoire de la sensibilité humaine portent nos âmes au delà de nos propres émotions et nous communiquent les fièvres qui les remplirent un jour. Telle la plage d'Elseneur où l'obscur Hamlet lamentait la mort de son père et ses chagrins personnels, telles les chambres trop étroites d'Auxonne, de Dôle et de Seurres où le jeune Bonaparte essayait en

5

écritures déclamatoires son génie qui, si les trônes n'avaient pas été vacants, nous eût donné un Byron. Ce sont là des *stations idéologiques* aussi puissantes sur l'imagination que telles stations thermales sur des tempéraments déterminés, et les pèlerinages catholiques, d'un ordre analogue, font voir merveilleusement que cette méthode d'exaltation intellectuelle réunit toutes les conditions pour tourner en passions la curiosité et le respect.

Mais chaque génération se choisit ses lieux de dévotion préférés, et c'est même dans ces élections que se révèlent les variations de la sensibilité. Qui de nos jeunes gens les plus récents songerait à s'émouvoir devant la maison close de l'avenue d'Eylau où s'éteignit une gloire retentissante ! Nos jeunes aînés, tel M. Catulle Mendès ou encore M. Camille Pelletan, doivent nous plaindre de cette froideur, et, malgré toute leur compréhension, ils suspecteront notre bonne foi, si j'ajoute qu'indifférents à la dernière demeure de Victor Hugo, nous sommes émus par certain petit hôtel du quartier Monceau ! Certes, le sens de la mesure nous garde d'opposer notre goût à leur culte ; simplement, nous sommes de ces dévots qui s'émeuvent dans une chapelle étroite mieux qu'à l'église cathédrale. Au 61 de la rue de Prony vécut quelques années et mourut mademoiselle Marie Bashkirtseff, bien faite pour passionner ce millier d'esprits compréhensifs et dégoûtés dont le ton attirant et irritant depuis quelques années intéresse la critique. Leur trait principal est peut-être que, froissés par toute inélégance, ils sont cependant plus soucieux d'éthique que d'esthétique ; ils

aiment, pour tout dire, la vie intérieure des êtres plus que leur pittoresque extérieur. La monographie
qu'a laissée cette jeune fille et qu'on
a publiée sous le titre de « Journal
de Marie Bashkirtseff » les satisfait
mieux qu'aucune composition de
nos écrivains de métier.

　　Je ne referai pas la biographie de
mademoiselle Marie Bashkirtseff,
d'autant mieux connue que c'est
des détails de sa vie que ses fidèles
nourrissent leur culte. Cette jeune
fille, en effet, en dépit de ses succès
de peintre, en dépit de sa mort
cruelle à vingt-six ans, en dépit
même de ses dons d'écrivain, les
passionne uniquement par la sensibilité particulière dont elle vivifia
les moindres circonstances de sa
vie. Nulle existence qui offre une
plus instructive collection de ces
traits de clairvoyance et d'ardeur
morale si fort à la mode des intel-

lectuels d'aujourd'hui. Offert par
une jeune fille et précisément par
une fille parée de ce charme russe,
brutal et raffiné qui, seul, nous
émeut à cette heure, un tel état
d'âme devait acquérir sur des jeunes
gens un prestige particulier, et, en
vérité, il leur inspire ce sentiment
voisin de l'amour, sans lequel il
n'est pas de féconde méditation.

Sans doute, cette façon de conce-
voir la vie qu'expose mademoiselle
Bashkirtseff, vingt autres l'ont affi-
chée. Mais avaient-ils de cette enfant élue la souplesse, la sponta-
néité et toute la sève vivifiante? A
aucun des plis de sa robe, je ne re-
trouve cette poussière de biblio-
thèques dont les plus vivants de nos
contemporains sont enlaidis. Et telle
est la force dont une beauté sincère
dispose pour nous révéler le sens de
nos propres sentiments que nulle
part je n'ai mieux approché la

formule des âmes de demain que
dans la petite maison de la rue de
Prony. J'y allais par ce court che-
min que la jeune fille elle-même
parcourut tant de fois, alors qu'elle
visitait Bastien Lepage mourant
dans cette maison de la rue Le-
gendre où, par une rencontre qui
me touche, j'ai succédé au bon
peintre qu'elle aima comme un
frère. La mère inconsolée de celle
que nous rappelons m'a dit comment Bastien Lepage, apprenant la
fatale nouvelle, cacha ses pleurs
contre les coussins où lui-même
n'avait plus que trois mois à
attendre la mort. Mademoiselle
Bashkirtseff fut victime de ces
miasmes terribles qui volent épars
dans Paris ; j'ai vu sur son bureau
Kant et Fichte ouverts à des pages
passionnantes dont la mort inter-
rompit pour elle la logique. Ses
livres, ses tableaux, quelques menus

objets d'un usage familier, et son image à tous les âges font de ce petit hôtel un touchant oratoire où la piété maternelle continue à servir, comme elle fit pour la jeune vivante, l'âme élégante et d'infinie ressource qui s'est effacée.

L'hôtel de la rue de Prony, la villa de Nice pleine des roses qu'elle aimait et le tombeau du cimetière de Passy, c'est à madame Bashkirtseff qu'il appartient de les maintenir, mais cette émouvante jeune fille, nous sommes quelques-uns de sa race spirituelle qui la maintenons dans notre imagination et, s'il est permis, près de notre cœur. Or, après six années, quand elle a pris dans la mort un recul suffisant, ne convient-il pas que, pour parfaire cette figure exceptionnelle et pour en dégager toute la valeur symbolique, nous lui organisions sa *Légende ?*

Et tout d'abord, admettrons-nous
que le petit hôtel de la rue de Prony
fasse un cadre satisfaisant à la plus
inquiète des cosmopolites? Quand
nous la chérissons pour son ardeur,
pour ses dégoûts et pour sa compréhension, est-ce parmi ses toiles,
est-ce même dans notre Paris que
notre rêverie l'évoque?

Nullement. Voir en elle un peintre
ou une Parisienne, c'est étrangement la réduire. Sans doute, ces
tableaux que madame Bashkirtseff
a refusés aux sollicitations de tant
d'étrangers — des Américains surtout, passionnés plus qu'aucun pour
cette étrange jeune fille — font voir
un grand sens de la nature et beau-
coup de bonté. On le constate d'ailleurs à toute ligne de son Journal,
sa clairvoyance des insuffisances de la
nature n'excluait pas chez elle la
pitié; sa susceptibilité de délicate ne

l'empêcha jamais de percevoir ce qu'il y a d'immortel dans les plus humbles fragments de l'univers. Elle possédait le don précieux d'être pénétrée par la douce lumière qu'il y a dans le regard des chiens interrogeant leur bon maître. Mais précisément sourions qu'elle ait prêté de l'importance au talent, elle qui possédait la chose essentielle et si rare : une intelligence indulgente. Et s'il faut la goûter de ce qu'elle ne méprisait pas tous ces gens de l'atelier Julian où elle étudiait la peinture, s'il est vrai qu'elle se diminuerait et nous irriterait en montrant à leur égard les mêmes sentiments qu'en ont, pour d'insuffisantes raisons, des notables mal cultivés, du moins, affirmons que le goût qu'elle leur montra était compréhension, mais non pas identité. Elle les appréciait, mais en se gardant. C'est pourquoi nous ne

6

voudrons pas, sous peine de défor-
mer sa physionomie, l'installer dans
notre mémoire comme une artiste
peintre.

Précaution essentielle ! et toute-
fois je doute, tant cette jeune fille se
donnait à ses enthousiasmes, qu'elle
ait jamais pris une conscience nette
de cette différence que ses admira-
teurs sont bien forcés d'établir entre
elle et nos meilleurs ouvriers d'art.
Par quelle délicieuse naïveté s'attar-
dait-elle à rivaliser avec mademoiselle Breslau ? En vérité, il eût été
fort opportun qu'on indiquât à mademoiselle Bashkirtseff la doctrine
qu'elle était autorisée à pratiquer,
la doctrine du suffisant dédain !

Le suffisant dédain eut enseigné
Marie Bashkirtseff à considérer les
peintres, les écrivains, les artistes,
simplement parce qu'ils ressentent
des émotions qu'elle éprouvait elle-
même. C'est pour cette qualité de

leur sensibilité qu'ils méritent qu'on
les classe avec honneur. Quant au
don qu'ils possèdent de traduire et
de fixer leurs sentiments avec des
couleurs, des phrases ou du marbre,
cela les désigne comme des utilités
agréables, nécessaires dans toute
maison réellement bien montée,
mais ne peut, en aucun cas, les
placer dans la hiérarchie plus haut
que les âmes de leur qualité. Or,
telle est, pour sa profondeur et
son étendue, la qualité d'âme de
mademoiselle Bashkirtseff que nos
talents les plus fêtés ne sont à ses
côtés que petites flûtes près d'une
partition complète. Parce qu'en
cette âme, toute jeune et toute faible
qu'elle fut, retentissait après tout
la sensibilité humaine, je dis qu'aucune de nos meilleures flûtes ne
pourrait l'exprimer entière et
qu'elle les possédait toutes. Elle eut
dans sa petitesse le sens de l'uni-

versel. N'ayons pas cette grossièreté
de la confondre avec des spécialistes,
fussent-ils, d'ailleurs, d'excellents
ouvriers peintres.

C'est encore au nom du suffisant
dédain, dont elle était tout animée
bien qu'elle en eût mal conscience,
que je ne puis comprimer sa mémoire dans Paris. Sans doute, elle
désira la notoriété passagère et
bruyante que donne notre ville ; je
ne le lui reproche pas; même ce serait
manquer de compréhension qu'in-
sister sur l'enfantillage du désir
qu'elle avouait pour des médailles
au salon, de la réclame dans le *Fi-
garo*, et de la vogue dans les maisons où l'on dîne. Cela satisfaisait
sa conception momentanée de la vie.
C'étaient les conditions de l'existence qu'elle désirait pour l'instant.
N'est-ce pas un des traits de cette
sensibilité ardente dont nous révé-
rons en elle un des types les plus

complets, de ne vouloir rien laisser
sans y participer ? Paris méritait
assurément d'être une des stations
de sa sensibilité, et c'est cela seulement qu'il lui fut. M. Theuriet, qui
a édité ce que possède le public du
« Journal de Marie Bashkirtseff », a
insisté de préférence sur ces années
d'atelier, de concours, et tous ces
petits soucis parisiens ; nous proje-
tons de publier *in extenso* ce Journal, et il nous donnera de Marie
Bashkirtseff vingt attitudes pour une
que nous lui vîmes d'abord.

Marie Bashkirtseff avait, en effet,
toute jeune, amalgamé cinq ou six
âmes d'exception dans sa poitrine
trop délicate et déjà meurtrie. Quand
elle mourut dans cet atelier de la
rue de Prony, elle possédait dans
son cerveau les livres de quatre
peuples, dans ses yeux tous les musées et les plus beaux paysages, dans
son cœur la coquetterie et l'en-

thousiasme. Toute jeune pèlerine qui cherche à travers l'Europe une fièvre dont on ne se lasse point, Marie Bashkirtseff nous laisse son souvenir à chérir, sa légende à amplifier, comme la plus émouvante représentation de la sensibilité cosmopolite.

Vous pouvez vous évoquer Gœthe, d'après une gravure allemande, étendu sous un bel arbre, dans un abondant paysage de la fraîche patrie germaine ; Byron qui galope sur le sable jaune du Lido, au long de l'Adriatique désolée ; Balzac, dans une chambre sombre au milieu du Paris nocturne, et qui s'échauffe méthodiquement de soucis d'argent et de grandiose sociologie ; mais de Marie Bashkirtseff, quelle image, quelles mœurs, quelle patrie ? Cette cosmopolite qui n'a ni son ciel, ni sa terre, ni sa société, c'est une déracinée. Dans le bré-

viaire des idéologues, pour exprimer son bohémianisme moral, si
étrangement compliqué de délicatesses, faudra-t-il pas que par un
trait un peu grossier, mais significatif, nous l'inscrivions sous le
vocable de *Notre-Dame du sleeping-
car?*

Et pourtant mademoiselle Bashkirtseff, tandis qu'elle mène de
prairie en prairie l'élégant troupeau
de ses curiosités et bien vite épuise
les beautés qui l'avaient attirée,
nous livre deux ou trois images où
l'on peut profiter. Assurément, elles
ne valent pas plus que des photo-
graphies instantanées. Nous ne pré-
tendons pas saisir une des attitudes
momentanées de cette inconstante,
la donner comme son portrait et
nous en contenter. Mais ces « ins-
tantanés » fournissent des *compo-*

sitions de lieu, comme dit Loyola,
à notre goût pour la méditation.
Certains instants de sa délicate
bohème me sont particulièrement
significatifs.

Sous nos yeux mi-clos, l'ingé-
nieuse complaisance que nous
avons vouée à cette jeune fille nous
la représente, qui naît à la puberté
dans un bien de la Petite Russie.
Plaines sacrées pour nous qui ne
les visitâmes que d'imagination !
Sous les brouillards qu'y met notre
ignorance, elles font battre de tristesse et d'impatient amour nos
cœurs. Dans ce *là-bas* se forme la
beauté où, j'en suis sûr, s'épanouira
ce sentiment informe qui nous rem-
plit tous, jeunes gens, en qui les
torrents de la métaphysique allemande ont brisé les compartiments
latins. Là-bas, c'est où mademoiselle Bashkirtseff reçut comme les
choses du monde les plus naturelles

cette vigueur d'esprit et de sensualité qui nous restitueront le sens de
l'amour, à nous autres de qui les pères
ne savaient plus que comprendre.

Mon imagination l'évoque encore
qui fréquente les villes d'eaux de
Bohême, verdoyantes et pleines
d'une musique qui, le soir, assom-
brissait les âmes sans amour. Puis
elle fut à Nice, fringante sous le
soleil et portant au corsage des ané-
mones, des mimosas mêlés aux
brins de tamaris.

Mais ces cadres, très suffisants
pour emprisonner à jamais dans
notre souvenir tant de jeunes
étrangères élégantes et romanesques,
ne sauraient contenir celle qui fut
en outre passionnée de Spinosa. Si
mademoiselle Bashkirtseff doit être
dite cosmopolite, c'est moins encore
pour sa vie errante que pour son
intelligence. Elle put bien se prêter
aux hivers du littoral, aux printemps

de Paris, à la saison de Londres;
elle s'accommodait de toutes les
mœurs (car il y a dans nos modernes
cosmopolites ce que l'éducation
classique nous dit d'Alcibiade qui
fut à Sparte le plus austère des
hommes et chez les Perses plus mol
qu'aucun voluptueux), mais rapide
à posséder le suprême ton de chaque
milieu, Marie jamais ne s'en satisfit:
elle s'épuisait de désir vers la fièvre
du lendemain, dont les frissons lui
devaient être également médiocres
et vains. De là son perpétuel vaga-
bondage, fait du désir que son âme
fût la somme des enthousiasmes et
aggravé de l'insuffisance de toutes
les émotions où elle avait participé;
de là aussi notre conviction raison-
née qu'après tout la ville où cette
jeunesse inquiète et magnifique se
fût trouvée la moins dépourvue,
c'est la cité éternelle, la ville catholique, la capitale, Rome.

Rome, en effet, malgré son carac-
tère éminent, est moins un lieu particulier que le plus complet abrégé
de la culture européenne. Elle est
faite des plus graves fragments de
l'humanité. Marie Bashkirtseff, élégante et nerveuse, et qui n'avait que
vingt ans, ne pouvait certes s'iden-
tifier à ce colossal Panthéon, mais
elle s'y sentait à l'aise parce que
cette atmosphère lui offrait un peu
de toutes les poussières qui, à travers
le monde, avaient délicieusement
desséché sa bouche de jeune pèlerine. Elle n'y était privée d'aucune
des ardeurs qui l'usaient, mais faisaient pour elle tout le prix de la
vie.

Oui, Rome qui fut à tous les
siècles le cœur de l'Europe est encore
telle du point particulier d'où nous
l'envisageons, et s'il faut à notre ima-

gination un lieu idéal où placer
cette jeune cosmopolite qui représente pour nous la sensibilité la
plus moderne, c'est encore Rome
que nous élisons. Aucun des frissons qui agitent l'humanité n'est
absent de Rome. J'accorde qu'ils n'y
sont pas toujours aisés à distinguer.
Avec sa force de cohésion, cette
reine impose à tant de traits dispa-
rates une harmonie qui déroute et
accable nos esprits amusés. Mais
en faisant l'unité avec toutes ces
parcelles de l'esprit humain, elle le
grandit singulièrement. Tout ici
prend sa pleine intensité et, bénéfice
de l'harmonie, tout ici porte avec
soi sa cause. C'est au point que l'on
pourrait dire qu'à Rome chaque
mouvement de l'âme se présente
moins sous une forme individuelle
que sous forme de loi. Là seulement,
le cosmopolite met à leur plan les
notions qu'il a recueillies à travers

la civilisation européenne. Certains
de mes soirs romains, enivré de cette
forte éducation, je fus tenté de
croire que les plus amples fragments
de l'univers civilisé ne valaient que
comme détails agrandis de la fresque
humaine que Rome nous présente.

L'art de se servir des hommes, l'art
de jouir des choses, l'art de décou-
vrir le divin dans le monde, qui
sont, n'est-ce pas, les trois amuse-
ments, le jeu complet d'un civilisé,
Rome les enseigne, et d'une maîtrise
incomparable!

10 Est-ce la mélancolie des souve-
nirs, ses trésors d'art entassés ou
les intérêts religieux, mais Rome
présente une variété de nations, un
mélange de sociétés, un concours
de politiciens, d'aristocrates et
d'artistes, en même temps qu'une
diversité de luxe, de poésies et de
douleurs telle que, pour pénétrer
les cœurs rares, les grandes intri-

gues et l'histoire des peuples, *pour apprendre à se servir de la société,* nul séjour ne prévaudra contre celui-ci, si l'on observe d'autre part qu'aucun des hommes supérieurs réunis là n'y vient pour se distraire de soi-même, mais que chacun au contraire est enfoncé plus avant dans sa noble manie par la gravité incomparable de cette ville.

2º *La beauté des choses,* d'autre part, c'est à Rome seule qu'on s'en fait une complète éducation, parce que loin de surgir au milieu du monde, comme ces fleurs sans analogues que sont les arts de Florence, de Venise et de Flandres, les galeries de Rome sont composées des plus riches échantillons de la sensibilité occidentale. En décorant ses hôtels familiaux des œuvres de toutes les époques et pays classiques, Rome restitue à l'art son véritable sens. L'œuvre d'art, en effet, se propose

de résumer dans une formule essentielle et avec une émotion commu-
nicative des états psychiques et de
nous y faire participer, pour nous
dédommager que nous n'ayons pas
la puissance ou l'occasion de les
vivre. Dès lors cette ville, — de laquelle j'indiquerais aisément la fai-
blesse, qui est tout de même de ne
voir dans la nature que la dignité
humaine, — en appelant tous les
arts à l'éducation de l'homme fait
l'homme du moins plus complet.

Pent-être, à ce que je dis du ca-
ractère d'universalité de l'art à
Rome, objectera-t-on que Michel-
Ange semble bien exprimer le génie
particulier de cette ville avec autant
d'étroitesse que Tiepolo la fête
mélancolique de Venise, — Sodoma
l'ardente passion de la ville où
sainte Catherine eut ses extases, —
Botticelli la grâce cérébrale de Florence — et Vatteau le génie indulgent

et exquis du vrai Paris des Parisiens.
Mais précisément de ce fait qu'on
voudrait me présenter comme une
contradiction, je tire mon meilleur
argument. Il est vrai que Michel-
Ange est si particulier qu'on le
confond avec le génie de Rome
même ; or, ce que nul ne contestera,
c'est qu'il exprime toute la puissance
d'étreindre de la sensibilité humaine. Ses sybilles ne sont pas
comme les filles de Watteau, de
Botticelli, de Sodoma, de Tiepolo,
l'humanité raffinant à droite ou à
gauche, elles sont tout l'homme
poussant plus avant ses vertus,
l'homme plus virilisé.

3o Au reste, les églises, quel qu'ait
été le goût de Marie Bashkirtseff
pour les salons et pour l'art, demeurent le véritable rendez-vous
de qui voyage avec le souci des
choses psychiques. C'est encore là
que, jusqu'à cette heure, l'huma-

nité a le mieux témoigné sa recherche du divin, et par cette antique
consécration elles attirent ceux-là
mêmes de nos modernes qui ont
perdu le sens des dogmes. Or quelle
ville opposerait ses basiliques à
Rome? Notre-Dame et la Sainte-
Chapelle, la cathédrale de Cologne,
Saint-Marc de Venise, Sainte-So-
phie de Constantinople, dans leur
éclatante diversité apparaissent cha-
cune comme la fièvre mystique particulière au pays qui les éleva. Mais
Rome rassemble toutes ces fièvres
pour en faire une force harmonieuse,
et, appuyée sur trois cent quatre-
vingt-neuf églises, elle fait voir à
notre imagination la chrétienté entière, l'Eglise.

Le catholicisme! Voilà où ten-
dent et s'expliquent tous les mouve-
ments de notre cœur, qui n'est obscur et mal à l'aise que pour avoir
accueilli les fièvres de cinq ou six

8

peuples. C'est tiraillé par elles que le cosmopolite, toujours incomplétement satisfait, erre à travers l'Europe; il les satisferait dans la capitale où convergent toutes les nations.

Tandis que sonnait le beffroi de Bruges, Marie Bashkirtseff, qui venait de visiter les Memling, se sentait, j'imagine, un peu béguine et une part d'elle demeurait inoccupée; de même, par un lourd soleil de printemps si, quittant le café Quadri, elle prit le frais aux voûtes de saint Marc, elle s'y sentit dominée d'un rêve sensuel d'Orient et une part d'elle soupirait encore J'ai connu ces insuffisances des plus nobles stations, mais un soir de mai, vers les cinq heures, sous le chêne de San Onofrio où le Tasse sentit sa piété, compliquée des délicatesses de l'héroïsme et de la volupté, s'exalter jusqu'à la folie, je voulus baiser cette terre romaine,

car je compris que de ceux qui l'ont
foulée, j'ai hérité toutes mes chères
façons de souffrir et de jouir.

Qu'à saint Pierre d'autres discu-
tent ces froids espaces et cette
pompe architecturale, pour moi j'y
distinguais seulement les confes-
sionnaux qui tapissent cette immense
enceinte et où l'on parle toutes les
langues. C'est ici le point mathéma-
tique où tous les soupirs civilisés se
confondent pour former la sensibilité chrétienne. Tant d'émotions qui
furent apportées sous cette coupole
des points extrêmes de la chrétienté,
en se réalisant dans une âme, la for-
meraient la moins marquée de particularités qu'on puisse imaginer et la
plus capable de s'accommoder sans
froissement des milieux les plus di-
vers. L'âme qui serait faite de tous
les péchés, inquiétudes et scrupules
qui vinrent ici chercher la paix, serait exactement celle que nous nous

représentons sous le nom de sensibilité cosmopolite. Pour moi, jamais je ne franchis ce seuil fameux
sans qu'une émotion d'être au point
le plus sensible de l'humanité m'in-
clinât à m'agenouiller. Là seulement,
parmi ces directeurs de consciences
polyglottes, j'eusse pu trouver quel-
qu'un qui parlât ma langue. Là seulement eût été chez elle Marie Bashkirtseff, notre sœur, si belle, parce
qu'elle était ardente de toutes les
inquiétudes de tous les peuples.

Marie Bashkirtseff se fût étonnée
qu'on confondît son cosmopolitisme
avec le sentiment des catholiques, et
ceux-ci de même se pourraient cho-
quer. Chez les uns et chez les autres,
ne serait-ce pas connaissance insuffisante des besoins qui les animent?
Ces gens qui renoncent à tout et ces
gens qui désirent tout sont bien

faits pour s'entendre. Les uns et les
autres, en effet, ne se satisfont de
rien; ils ont à un degré tourmen-
tant le sens du précaire, le désir de
la perfection. Oui, cosmopolites et
catholiques sont de la même famille,
et simplement nous devons nous
étonner qu'à une même époque on
puisse mener par des sentiers si dif-
férents la même poursuite du divin.

Afin que mademoiselle Bashkirtseff touchât en quels points ses
sentiments s'accordaient avec le
plus exalté catholicisme, et pour
illustrer d'une anecdote romaine le
tableau que je trace de la vertu surhumaine de cette ville, j'eusse aimé
lui proposer un idéal de désinté-
ressement auquel elle était bien
digne d'atteindre. Connaissez-vous
l'histoire d'Alexandrine d'Alopéus
et d'Albert de la Ferronays, telle
que nous la raconte le *Récit d'une
sœur* et dont nous sommes quel-

ques-uns à demeurer aussi émus
que du *Journal de Marie Bashkirtseff*, car ce sont là deux monogra-
phies d'une sensibilité héroïque
embellies par le romanesque de la
beauté et de la mort.

Mademoiselle Bashkirtseff, qui
était toute remplie d'une ardeur un
peu naïve pour les rapins et pour le
dessus du panier parisien, m'eût
sans doute interrompu aux premiers
mots que je lui eusse dit d'un livre,
réservé pour l'ordinaire aux jeunes
femmes un peu timorées de province. « Ne souriez pas, lui répli-
querais-je, le goût que j'ai pour
Albert de La Ferronays part des
mêmes préoccupations qui m'attirent
vers vous. L'étrange importance que
vous attribuez au talent! Et quand,
à les juger de notre point de vue
d'école, il serait prouvé que leur
langue est terne et leur vocabulaire
banal, en voilà un bel empêchement

à ma violente sympathie! Je les
aime parce qu'ils ont eu de l'exaltation désintéressée. » Ils ont éprouvé
l'amour pur dont Leibnitz a donné
une définition que je veux rapporter, car, avec leur sécheresse, ces
esprits, tels encore Comte et Spinosa, passent singulièrement les
gentillesses des artistes. « L'amour
pur, dit-il, c'est d'être porté à trouver
du plaisir dans les perfections ou
dans la félicité de l'objet, et par
conséquent à trouver de la douleur
dans ce qui peut être contraire à
ces félicités. Cet amour a propre-
ment pour objet les substances sus-
ceptibles de la félicité, mais on
en trouve quelque image à l'égard
des objets qui ont des perfections,
sans les sentir, comme serait, par
exemple, un beau tableau. Celui
qui trouve du plaisir à le contem-
pler et qui trouverait de la douleur
à le voir gâté, quand il appartien-

draît même à un autre, l'aimerait
pour ainsi dire d'un amour désinté-
téressé, ce que ne serait pas celui
qui aurait seulement en vue de ga-
gner et de vendre ou de s'attirer de
l'applaudissement en le faisant voir. »
Albert de la Ferronays poussa l'a-
mour jusqu'à offrir à Dieu sa vie
pour qu'Alexandrine d'Alopéus, une
protestante qu'il aimait, connût la
vraie religion. Peu après, il mourut,
et, auprès du lit de leurs brèves
amours, devenu par l'intensité de
son vœu d'idéaliste son lit de mort,
une parcelle de l'hostie qui allait
être son viatique fut la première com-
munion de sa jeune amante. Combien il m'humilie déjà cet homme
singulier assez désintéressé pour sou-
haiter la mort entre les bras de celle
qui l'enivre, afin qu'elle soit encore
ennoblie par la possession de la vérité; mais, où je suis glacé de dégoût
envers moi-même, c'est quand je

vois celle qui prit sur les lèvres
refroidies du mort un don si fort
de mépriser les choses périssables
qu'elle s'éleva jusqu'à dire : « Lors-
que j'ai été dépouillée de tout, c'est
alors que mon bonheur et mes
délices et mon amour ont com-
mencé. »

Le voilà ce sentiment du précaire
et cet élan vers la perfection, par
quoi sont emportés, aussi fort que
les catholiques, ces cosmopolites qui
se pressent de pays en pays, de
passions en passions, enthousiastes
et jamais possédés, renonçant chaque jour et désirant toujours, les
yeux fiévreux et les mains sans
prise, parce qu'aucune des formes
passagères qui emplissent l'univers
ne leur livre le non-périssable, le
divin. Hautain idéalisme où com-
munient, sans se reconnaître, le
cosmopolite qui ne veut plus ni ciel
ni patrie, ni foyer, et le catholique

qui renie même d'être de cette terre. Nul lieu ne les contentera, hors Rome où veillent les Sybilles de Michel Ange, dont les yeux graves font voir une âme goûtant le plaisir amer d'adorer ce qui ne meurt pas, au milieu de tout ce qui passe.

A notre cosmopolitisme, à notre dilettantisme, à notre cher nihilisme enfin, pour dire le mot qui résume le mieux notre déracinement moral, la grande ville catholique restitue leur sens complet, en même temps qu'elle leur donne une haute allure. A sa lueur nos dégoûts et notre ardeur m'apparaissent ce qu'ils sont en réalité, un sentiment religieux. Mademoiselle Bashkirtseff fut emportée par une injuste mort avant d'avoir profité de l'éducation de Rome. Il faut pourtant lui en assurer le bénéfice dans la légende que nous lui organisons.

Paris, par sa coquetterie et sa bonne grâce, Londres, par l'hospitalité solide et digne de ses cercles et de ses petites maisons, Venise, par sa fièvre romantique, se font accepter du premier abord. Mais Rome est une acquisition si lourde qu'une âme de vingt ans défaille. Cette ville-là, tout épurée de vulgarité, n'est pas une jolie maîtresse qui accueille et caresse nos habitudes, c'est une impérieuse qui froisse et rompt en nous ce qu'elle estime indigne. Plus tard Marie Bashkirtseff s'y fût plu ; qu'y fût-elle devenue ?

Sans qu'on puisse en douter, son bohémianisme, qui n'était d'abord que l'agitation d'une petite personne de race jeune et sensuelle, et que Paris transforma jusqu'à être un sentiment désintéressé, la recherche du beau, Rome l'eût élevé au point qu'il fût devenu le mal

familier aux grands idéalistes qui
se lassent de tout parce que seule
la perfection les satisferait.

Honoré soit-il, ce sentiment du
précaire qu'eut avec tant d'intensité cette petite fille ; nous avons
eu raison d'y méditer. Il nous fait
participer à ces mépris supérieurs
que ressentent pour la réalité, pour
leur moi actuel, tous les hommes
soucieux de l'univers qu'ils ren-
ferment en puissance et du moi
supérieur qu'ils ne sont pas encore.
Maintenant que je lui ai cons-
titué toute sa valeur légendaire,
celle que je saluais du nom basse-
ment moderne de « *Notre-Dame du
Sleeping-car* » nous apparaît une représentation de la force éternelle qui
fait surgir des héros dans chaque génération, et, pour qu'elle nous soit de
bon conseil, cultivons sa mémoire
sous le vocable hautain de « *Notre-
Dame qui n'êtes jamais satisfaite.* »

TABLE DES MATIÈRES

ÉMILE COLIN. — Imp. de Lagny

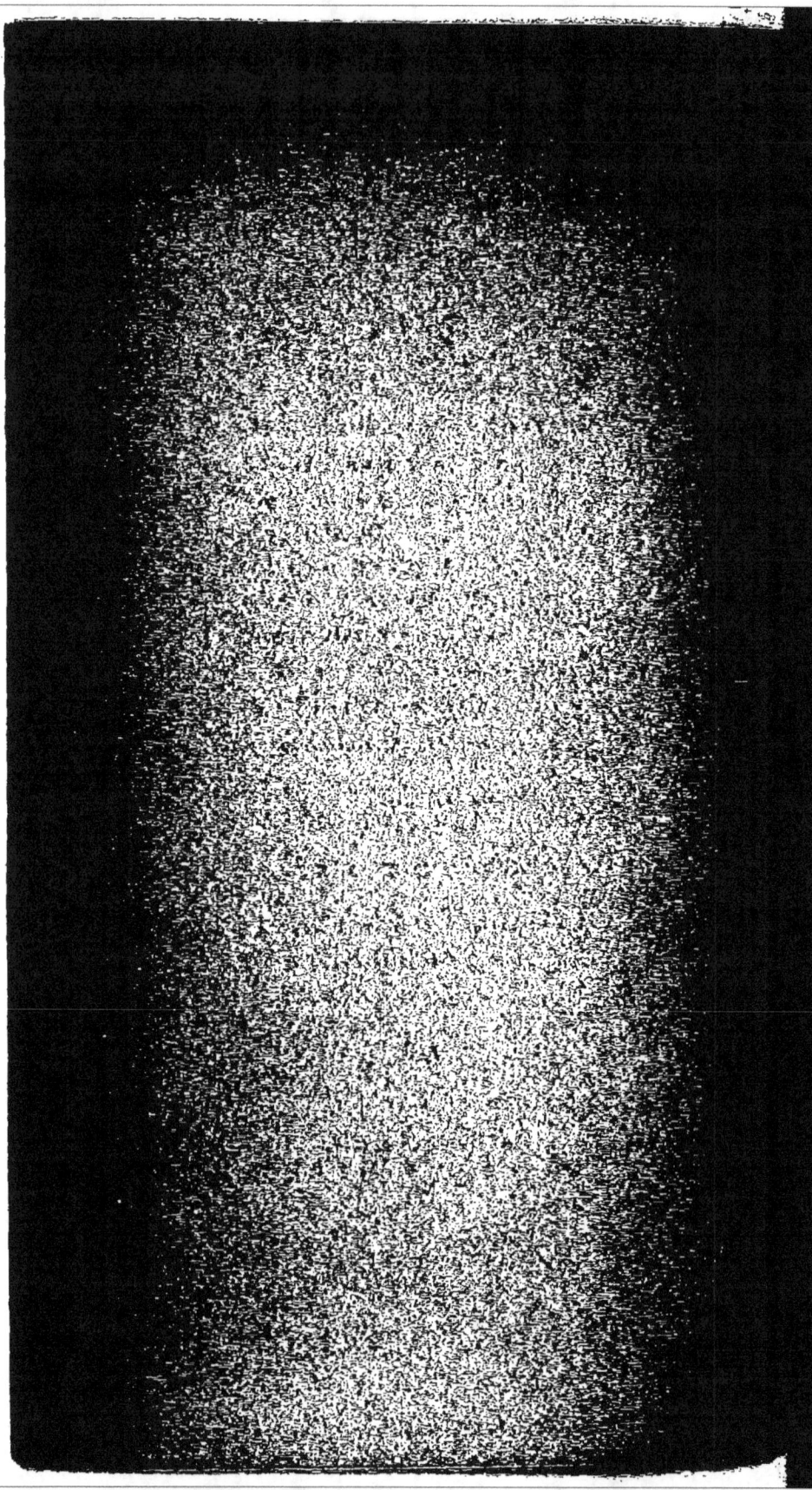

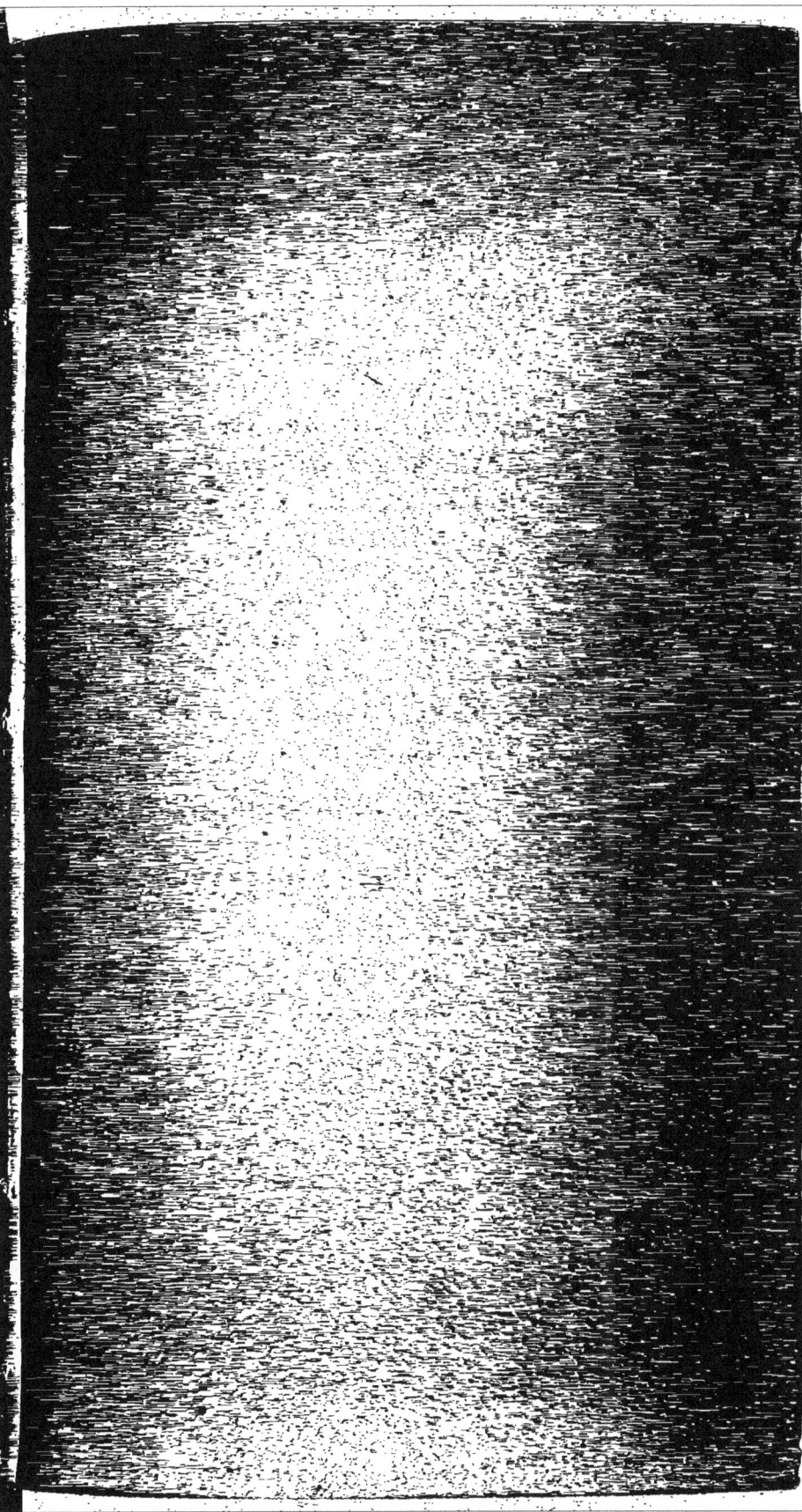

DU MÊME AUTEUR

---

* SOUS L'ŒIL DES BARBARES. 1 vol.
** UN HOMME LIBRE, 3ᵉ édition. 1 vol.
*** LE JARDIN DE BÉRÉNICE. 4ᵉ édition.
    1 vol.
EXAMEN DE CES TROIS VOLUMES (*paraitra en septembre*).
HUIT JOURS CHEZ M. RENAN. 2ᵉ édition. 1 brochure in-32.
TROIS STATIONS DE PSYCHOTHÉRAPIE. 1 brochure in-32.

POUR PARAITRE PROCHAINEMENT

LES EXERCICES SPIRITUELS D'IGNACE DE LOYOLA, avec une préface de MAURICE BARRÈS.

ÉMILE COLIN — IMP. DE LAGNY

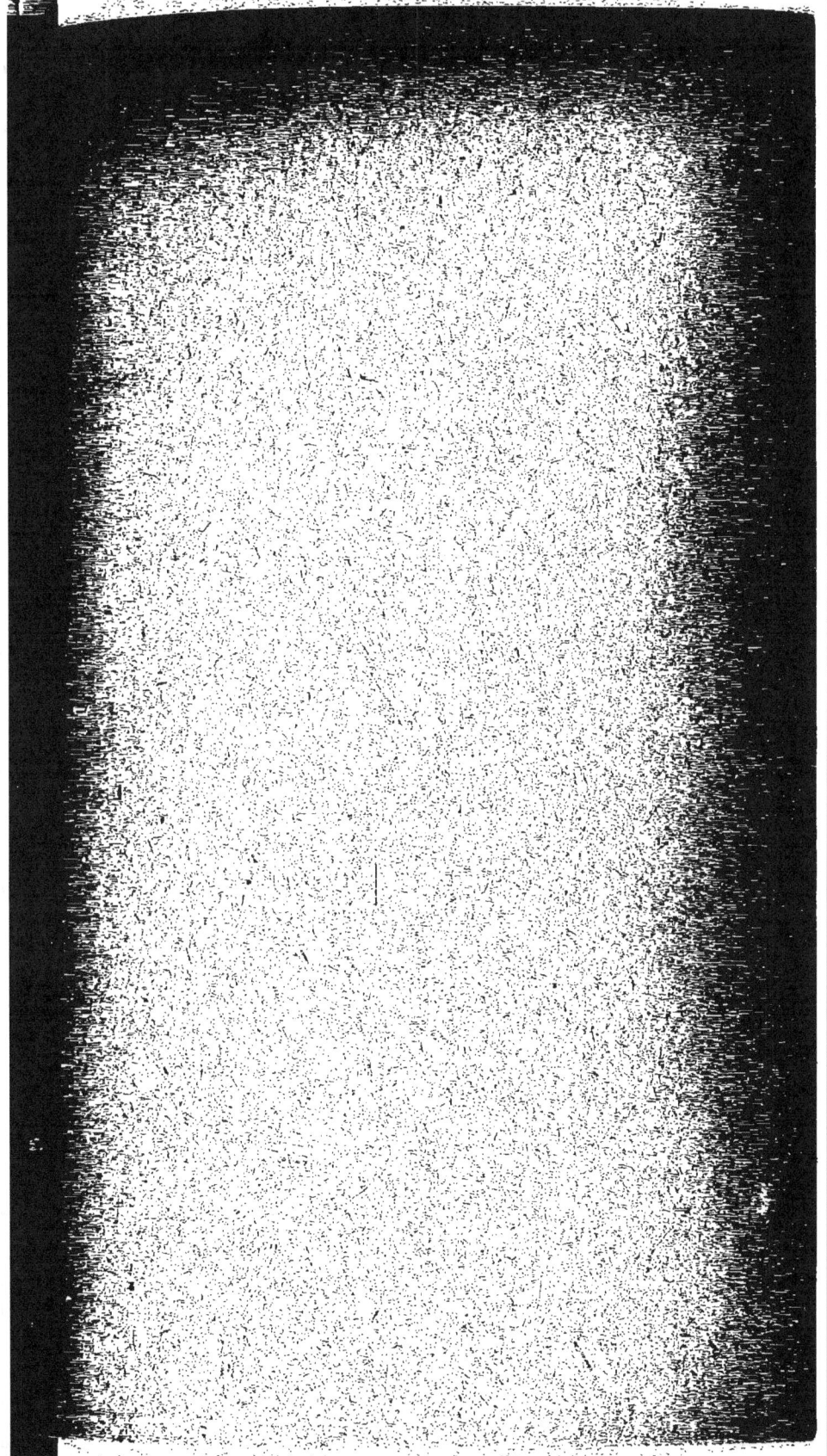

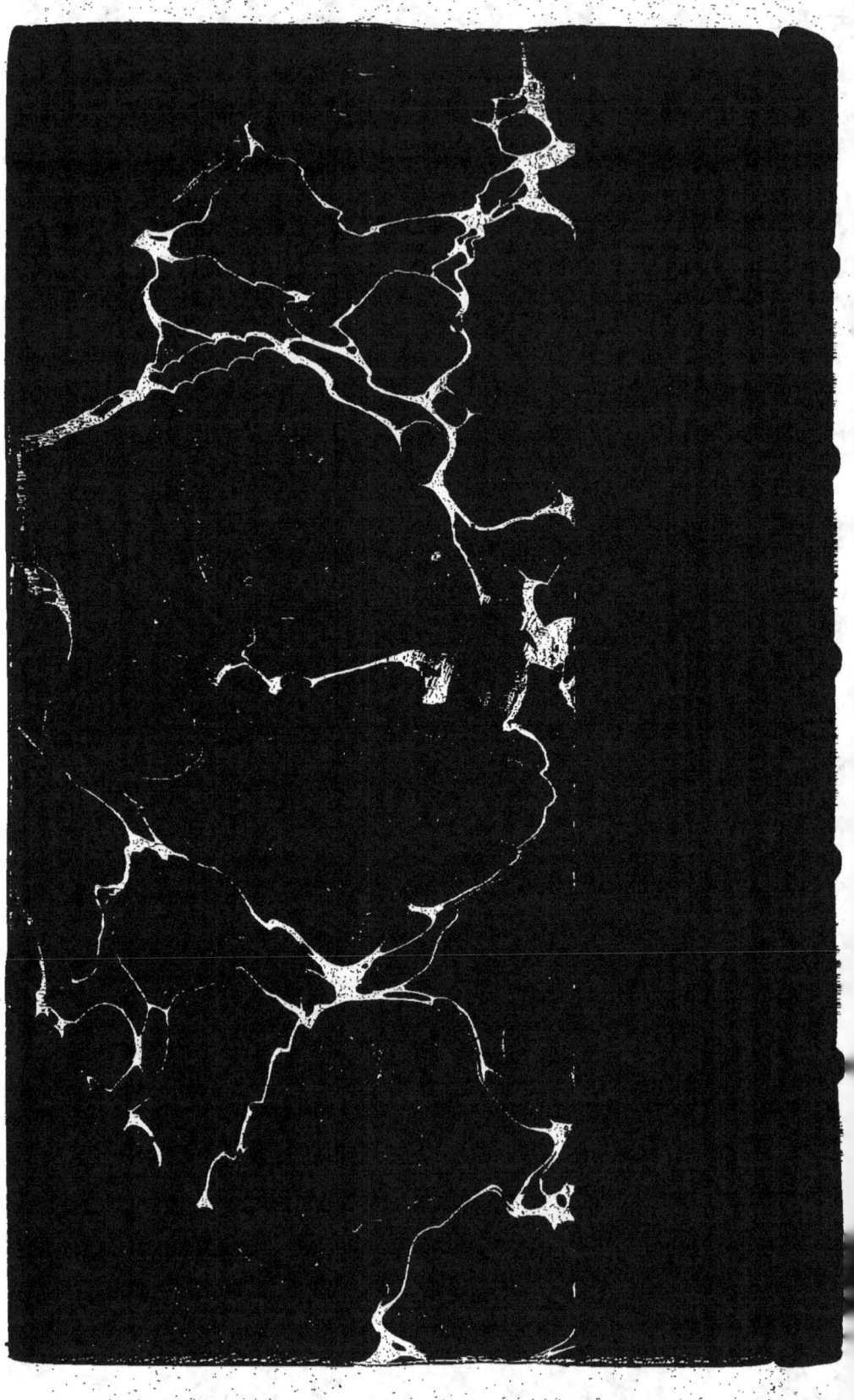

www.ingramcontent.com/pod-product-compliance
Lightning Source LLC
Chambersburg PA
CBHW071113260626
47162CB00006B/2312